风雨灯

余海岁诗选
（2018—2024）

［英］余海岁　著

GUANGXI NORMAL UNIVERSITY PRESS
广西师范大学出版社
·桂林·

风雨灯
FENGYU DENG

图书在版编目（CIP）数据

风雨灯 ： 余海岁诗选 ： 2018-2024 ／（英）余海岁
著. -- 桂林 ： 广西师范大学出版社， 2025. 6. -- ISBN
978-7-5598-8061-1

Ⅰ. I561.25

中国国家版本馆 CIP 数据核字第 2025CV6974 号

广西师范大学出版社出版发行

（广西桂林市五里店路 9 号　邮政编码： 541004　）
　网址： http://www.bbtpress.com

出版人：黄轩庄

全国新华书店经销

广西广大印务有限责任公司印刷

（桂林市临桂区秧塘工业园西城大道北侧广西师范大学出版社
　集团有限公司创意产业园内　邮政编码： 541199）

开本： 787 mm×1 092 mm　1/32

印张： 6.25　　字数： 60 千

2025 年 6 月第 1 版　　2025 年 6 月第 1 次印刷

定价： 49.00 元

如发现印装质量问题，影响阅读，请与出版社发行部门联系调换。

目录

辑一
（2024 年）

003　海边

004　日记

005　灯

006　老屋

008　河流

009　雨

010　蝴蝶

011　致玛丽安·摩尔

012　玫瑰

013　弯曲的湖面

014　陌生

015　大海

016　雕像

017　R.S. 托马斯

018　科隆，火车上

019   张望

020   旁枝

021   牡丹

022   六月

023   掌声

024   戒指

025   微山湖

026   闪电

027   镜子

028   落日

029   孤独

030   秋天

031   立秋辞

032   森林

033   女孩

035   山上的树

037   在路上

038   即景

辑二

（2023 年）

041　雪

042　蒲公英

043　雨

044　天都峰

045　影子，兼答 W.S. 默温

046　时间

047　在海上

048　奥林匹亚

049　飞机上

050　桥

051　远方

052　西溪南，丰乐河上

053　柏顿修道院

054　月亮

055　大雪

056　爱琴海

057　　跨年

058　　一块石头

059　　信

辑三
（2022 年）

063　　鱼

064　　秋日

065　　风雨灯

066　　斧头

068　　笛声

069　　居里夫人

070　　记忆

071　　桃花潭

072　　斯基普顿城堡

073　　大渡河

074　　个人简历

075　　傍晚

076　　故乡

077　　十月

078　　月亮

079　　苏格兰

080　　加尔各答

辑四

（2021 年）

083　　致图灵

084　　圆周率

085　　梦境

086　　比萨斜塔

088　　镜子

089　　华清池

090　　沙滩

091　　孤独

092　　杜鹃花

093　　石头记

094　　十一月

095　　力学浅说

096　　疏勒城

辑五

（2020 年）

099　　闪电

100　　谷雨

101　　天空

102　　南乡

103　　失重

104　　沈园

105　　波士顿之忆

106　　断桥赋

107　　赵州桥

108　　蒙娜丽莎

109　　飞蛾

110　　D.H. 劳伦斯

111 风筝

112 读《坛子轶事》

113 雪

114 雨

115 湖心亭

116 八月

117 生命的厚度

118 遥不可及

119 白露

120 立冬

121 冬日

辑六

（2019 年）

125 雁北乡

126 图宾根

127 牛津印象

128　我的小学

129　窗外即景

130　大寒

131　除夕

132　暮色挡不住你的眼

133　黄昏

134　杜甫草堂

135　惊蛰

136　杏花颂

137　时光一束

138　时间，也需要一座桥

139　相对论

140　机器人

141　钥匙

142　秤

143　插秧

144　黑洞

145　徽州

146 清明

147 泾渭分明

148 海拔

150 还原达·芬奇

152 只因山谷的名字

153 希望谷

154 小满

155 今夜，站在星空下

156 幸福的暖流

157 时差新解

158 双十二

159 兵马俑

160 永宁门

161 风之痕

162 隧道

163 尼斯湖

164 与母书

165 月亮

166 新德里掠影

167 呼啸山庄

168 立冬辞

辑七
（2018 年）

171 秋

172 我的牛

173 梦境

174 传说

175 远方

176 冬至日记

177 致牛顿

179 在利兹遇诗人西川

180 芦苇

181 邻居

182 岁末

183 推荐语

辑一

（2024 年）

海边

海鸥嘶鸣。潮水
争先恐后地撞击晨光
无边的碎浪
腾空
追赶抽离的脚步
肆意铺洒在裸露的
沙滩上——
犹如鹰翅上的雪花
掠过炊烟
随风坠落在空旷的
驿站

日记

——给 X.L.

穿越海岸线上的石楠丛

我赤着双脚

跟着你。一路向西

迎着颤抖的风

只想找个更好的角度

捕捉瞬间的日落

与浩瀚——

燃起一盏灯

照亮一夜的星空

梦醒的你和我

再次来到海边。踏着浪

面朝东方

只为迎接远道归来的

如卵的日出

和朝霞

灯

从我家厨房的窗口往后望去
可以看到的是后院
邻居家三层楼顶上的
一扇天窗
冬天早上早起时
天还没有亮
上班前坐着吃早餐
我总会习惯性地望一眼那扇天窗
如果天窗里亮着灯
不知为什么
我总会感到一丝莫名的
温暖。我想——
那盏漫不经心的灯
永远不会知道
多年来，它一直
在忽明忽暗地

鼓舞着我

老屋

我记忆中最早的房屋
是我五岁时
由我家和两个叔叔家一起
在黄山脚下的丰乐河边
合盖的一幢二层楼房
现在我还清楚地记得
当年盖房时的繁忙和热闹
我特别有印象的是
看大人们挖土，打地基时
我捡到了一枚小铜钱
中间还有一个正方形的小孔
二十多年后
孩子们都先后长大成家
这幢合住的老屋也被拆掉了
只是我对故乡的记忆
还是与这幢早已消失的老屋有关
好在我二哥和堂哥在老屋的
原有地基上又盖起了
他们各自的二层楼房

现在我每次回老家
仍然感觉自己又触碰到了
五十多年前
一个手握小铜钱的
五岁小男孩
微笑着
迎风凝望的目光

河流

自从有了河流
命运便有了此岸
与彼岸。为了抵达——
人类发明了渡口
轮船和桥梁
这些岸上、水上
或空中的事物
都或多或少地破坏了
河水的流逝与翻卷
唯有地下的隧道
从此岸，穿破黑暗
默默抵达彼岸——
似乎并未在场
却又真正维持了
失落后漩涡的
深不可测

雨

倾泻而来的乌云
隔断时空
万物顿时被遗弃在
孤独的深渊——
瞬间的雷鸣
穿破云层，惊艳了
塔尖上滴雨的
翅膀

蝴蝶

小时候，看到蝴蝶

在故乡的山野上自由飞翔

赤脚的我，总会追赶着——

希望抓住它美丽的翅膀。仿佛

它能把人带到比远山更远的地方

很多年后，异乡的蝴蝶

在黄昏的阳光下

飞舞如花朵

"燃烧着，如同旋转的硬币"

我耳边不禁响起了

颤动于梁祝之间

令人目眩的

火焰

致玛丽安·摩尔

"你半点智慧没有。你把石子碾碎成
大小相似的颗粒，然后在上面来回走动。"

其实，蒸汽压路机的背后是有智慧的——
它把石子碾碎，"闪闪发光的碎石
被碾成最初始的绝对平面"，是为了
把路基压得更密实、更有强度
以便道路在未来承受无数的车辆来回
轮番碾压时，不再屈服、沉降
而更加平稳、安全

所以，只要压路机来回走动时
自重适中，而不使路面持续沉降
它，便略大于成功了

玫瑰

买玫瑰的时候，人们
总是考虑选择花瓣的颜色：
白色的，红色的，或是黄色的……
因为，不同人喜欢
不同的颜色。但是
很少有人谈及你的刺
"如果没有刺，你看上去
什么都不像，仅仅是一个
怪物。"我的疑问一闪而过——
既然"刺是你最好的部分"
如果买之前，不被你的刺
扎破一次，我又如何
判断刺的质感呢？

弯曲的湖面

沿着湖边散步
从湖面上，可以观察到
万物的流变与诱惑。因为
湖面是一个巨大的镜子
当太阳以光速变成湖水时
它会瞬间感受到大地上的汹涌
而当乌云偶尔遮住太阳的光辉
太阳却在水底用火焰将乌云高高托起
每当狂风吹破无底的天空
万物总以弯曲的姿态
抗拒风的加速度——唯有乌云
在闪电的尖叫声中
颤抖着，逃离天空
以斜雨的方式
坠入弯曲的湖面

陌生

当你写下一个汉字时
如果一直盯着它看
你会觉得它越来越不像
你原本要写的那个字
就好像你如果
一直注视
一张原本熟悉的脸
它反而变得
越来越陌生——因为
光的叶序，如陷阱
消磨了记忆

大海

正午的光芒。悬浮

反射在黑色的瞳孔里

被无形的狂风

席卷着

挥洒在汹涌的大海上

仿佛旧时的月光

点亮泪水

铺满梦中陡峭

旋转的

天空

雕像

毫无疑问

在时空的交叉路口

用花岗岩竖起的一道

反复苏醒的火焰

可以抗拒自然环境的

风化与腐蚀

可是，"历史像普洛透斯的

形体一样变幻无常"

谁又能保证

在时间的缝隙里

它的披风不会在一阵

突如其来的

呼啸声中

瞬即倒塌呢？

R. S. 托马斯

从勃朗特姐妹的呼啸山庄
我一路风尘，花了四个多小时
中间转了一次车，终于来到了
位于威尔士西北部山水间的班戈——
这是你的母校，是你走向诗歌道路的
起点。也是你心灵深处的家园
火车抵达时，是个落日熔金的傍晚
锈蚀的出租车，如碎片，刺痛了
"天空中一道崩裂的伤口"
站在宁静的街道上，我感受到
海风的不朽和山川的孤寂
参观以你名字命名的大学研究中心时
我们走在一条古老而幽深的走廊里
环顾左右，墙上挂着你的画像
窗外隐约传来你的诗句——
"那么停住吧，村子，因为围绕着你
慢慢转动着一整个世界，
辽阔而富于意义，不亚于伟大的
柏拉图孤寂心灵的任何构想。"

科隆，火车上

火车从南向北。猝不
及防，抵达"心的时间"

侧目右手的车窗口
陡峭的大教堂，在烟雨
暮晚中滑落、隐身——

"你们这些看不见的大教堂"

唯有飘零的钟声，在梦里
一直扼住莱茵河曲折
漫长的咽喉

张望

伦敦。国王十字车站
一位母亲突然从眼前闪过
她神情凝重。一手牵着一个
几岁大的小女孩，一边四处张望
心急如焚地寻找刚下火车时
走丢的小男孩——

嘴里不断喊着："奥斯卡，奥斯卡……"

漂泊在这个最残忍的季节
"你的气息经过时将我灼伤"
周围的世界忽然变得昏暗起来
影子颤抖着，雨在哭。我感到
自己开始"用心在呼吸"——

不禁也四处张望起来

旁枝

几年前，在门外栽植的玫瑰
已经绽放在时间的和风细雨里——
无声无息，熠熠生辉

鲜红的色彩收拾了往日的孤寂
——踮起脚尖的人，不会猜到
她既不是哪个贵人送的
也不是从名花店里买来的

她，只是从一枝被遗弃在
街头角落的玫瑰上，唤醒的
一条细弱带刺的旁枝

牡丹

隔海的五月之光
漫过背影。穿越马蹄
"爬过雪的边缘"
盘踞在北方的天空——
城头的一角，五朵
金花，火一般
怒放。仿佛硝烟中
被滞留在旗帜上
血染的
灯盏

六月

逝去的六月之光
唤醒我的，是从烟火中
抽身，对自己的再认识
"山峰脱离了云层"——
放弃失望，轻盈慢慢升起
畅饮昼夜时差的起落
放牧两万里的
云彩翻卷——倾听雨中
流淌不息的香江，独步
溢满漂泊起伏的草堂
还有，毕业典礼上
双手点亮一个个
希望的未来

掌声

在十面埋伏的掌声中，毕业生们
从大礼堂的主席台前一一走过
仿佛"海鸥穿梭于咸血的风中"
握着他们的手，叫着他们的名字
我递上沉甸甸的毕业证，说道：
"祝贺你！你真棒！祝你前程似锦！"
三十九年前，一个名叫基尔·斯塔默的
法学毕业生，同样以这种方式
在掌声中，走过这个大礼堂，从校园
跨入了社会。离开前他还和父母一起
在红色的大礼堂前留下了一张
几天前我才在各大报刊上看到的合影
当时，不知道他是否也曾梦想
将来某一天会成为英国首相——
"理想和现实之间，动机
和行为之间，总有一道阴影。"

戒指

一个结婚不久的男子
在巴黎乘船时，一不小心
把结婚戒指掉进了塞纳河——
"流水将把它带到温柔的深渊"
在向妻子道歉时
他建议妻子也把她的戒指
丢进塞纳河里——因为
这样，两枚戒指就
可以团聚在浪漫之都的
河床上。永远不受
尘世的烦扰

微山湖

二十年间，我无数次走向你
穿梭于芦苇间——"野茫茫的一片"

袅袅的炊烟，不断唤醒
决胜于千里之外的张良

穿过水波荡漾——

夕阳下，逝去的风
弹起我心爱的土琵琶

闪电

一次有希望的拼博
最终，没有抵达——

这，并非失败。而是
"一首浪迹天涯的诗里"
划过的一道闪电……

一缕失落，仿佛消逝在
幽谷里的一声雷鸣

镜子

小时候。镜子只是背面镀银的
一块块玻璃。镜中隐藏的
是背后不断逝去的流水与青山

唯有转身，才能看到一颗不甘的心

长大后。镜子便是人世间的
一双双眼睛。瞳孔里折射的
是身边变幻莫测的江湖与刀光

"镜子也是一扇窗户。如果我从中
跳出来，我就会落进我的手臂里。"

落日

一轮落日
被陡峭的断枝
竭力驮起。旷野的麦浪
犹如记忆的年轮
一片锈色
"但黑夜已在峡谷里背叛"
吹散童年的风
跨过世纪
正在吹拂一个在荒野上
追赶着，梦想
用加速度
留住落日的人

孤独

站在冠军的领奖台上
听不到掌声响起来

众里寻他千百度
却无法走进灯火阑珊处

今晚，巴黎的孤独
在夜的蜿蜒起伏中
被孤注一掷的风识破

秋天

我家后园树上的苹果
在立秋后渐渐变红
无中生有的飞鸟
从秋风中赶来
出其不意地偷吃树上
清香鲜嫩的果实

我被迫想方设法
接二连三地赶跑这些
一意孤行的飞鸟
可是"在曙光与曙光之间"
树上悬挂的苹果
变得越来越少

没能确保苹果不带
伤口走向饱满的尽头
我心生畏惧——
人类其实很微弱
连无名的小鸟
也斗不过

立秋辞

立秋过后
碎石开始到处流浪
不知所终
八年前。搬家时
我在门前栽了
两棵玫瑰
缠绕在风中的花瓣
凋落时
犹如梦里挤进黑夜的
刀光，划破天空
瞬间照亮
孤飞的翅膀

森林

穿过秋天的一片
森林。空中
突然卷起一阵
浩荡的落叶——
"我感到季节的轮替
就在我身下"
我仿佛走出了臂弯
置身于冬天的
旷野。看到头顶的
雪花，片片
飘落

女孩

父亲是个小说家
并不有名。所以
家境也不宽裕
而且经常到处搬家
不过，家里藏有
很多书——包围着她
供她阅读

有一次，她在读书
由于过于专注
"整个人化作两只眼睛"
字迹变得模糊起来——

抬头一看，原来窗外
已是黄昏独自愁
"拭去的光芒
划下透明的刀痕"

听说，这个女孩

后来成了著名作家

而且还在国际上

得了大奖

山上的树

看到山上的一棵树
借助查拉图斯特拉之口
尼采如是说：

"它越是想往高处和亮处升上去
它的根就越发强有力地拼命
伸往地里，伸向下面，伸进
黑暗里，伸进深处"

因为能量守恒定律——
树干和树枝升往高处和亮处的
所需能量，必须要由
树根伸向地里，伸向深处
伸向黑暗，来获取

就像，建筑物建得越高
它所需的地下基础
就会越深

所以，高度永远都需
通过深度才能抵达。光明
只会诞生在隧道的尽头

在路上

外出开车时
每次看到前方路面上
由于穿越马路时
不幸被其他车辆
撞倒、碾压后
死去的动物
我总会情不自禁地
降速并尽力绕开
以免再次碾压
它们血染的身躯——
仿佛它们还能感觉到
尘世的疼痛
与悔恨

即景

走在海边的街道上
时间，在遥远的波光
闪烁中分岔——
地中海的曼哈顿
有一群鸽子
正在街边低头觅食
它们似乎没有意识到
危机四伏——我隐约
听见，有辆汽车
正准备从另一条路上转弯
驶向我们所在的街道
等到咆哮的影子在街头闪现
鸽子猛然惊觉，并瞬间
腾空飞起——我的心
也随之颤抖着
落了下来

辑二

（2023 年）

雪

去年圣诞节的雪
飘到今年三月才落到
这古老的天空

斜坡上的足迹，是
一次失而复得的款待

只是，吹开大地的风
已无法让它再像
冬天那样持久地——

承受月光下的孤单

蒲公英

种子在旷野的微风中
飞向昨夜浩瀚的星空

用翅膀呼唤黎明的
是梦中的灯火阑珊

穿过黄昏尽头的诺言
是被月光识破的琴弦

雨

雨落在路上
我听不到雨声
只有风吹

凭窗远眺
雨便落向故乡
落在时光的
背影里

回到书房
雨又落入南唐
落在后主的
栏杆上

天都峰

远早于徐霞客。第一个登上
天都峰的是唐代的岛云和尚——

绝壁上至今留有他的诗句

盘空而上。攀越千年的眺望
目睹山巅上"登峰造极"的石刻

我用浮云压住渐渐失重的乡愁
与儿子留了一张抱着天空的合影

影子，兼答 W.S. 默温

何以没有了身体
影子还能与我们待在一起
————W.S. 默温

影子，是漂泊的事物
在不透明的状态下，试图
阻挡阳光洞穿时——
留下的伤口与疤痕

无一例外，所以形影不离

因为是伤口，是撕裂绽放的
花瓣——所以无论长短，影子
在世人心目中留下的印记

远比真相更加深刻与久远

时间

并非一个自然存在
时间，只是一个概念
一个人为的虚构

如果没有时间
尘世就无所谓流年
也就没有被辜负的时光——

月色中，苏东坡提出的
那些问题和默温问的问题
仍然一样新，一样老

一样没有回响……

在海上

一只船，漂泊在海上
四周是无尽的浪花
船是中心。世界好像
一个巨大的圆

圆周没有一丝烟火
天上看不到星星和月亮
无边的暗和重复的风
仿佛构成了整个宇宙

等到圆心趋向港湾
迫不及待的电子信息
忍不住闪现在眼前——

迷失的尘世，才又开始
渐渐追上漂泊的脚步

奥林匹亚

地中海亘古不变的波涛汹涌
挡不住古希腊强劲的南风——

这里曾竖起雄伟的宙斯神像
它在五世纪的一次火灾中倒塌

现在，唯有残垣断壁中的杂草
在风中述说着远古的梦幻

二十世纪才发掘出的原始体育场
依然保持着，公元前的样貌

它和其他现代体育场一样——
是个只有起点和终点的椭圆

斜阳照耀在古老的体育场上
站在起点的我，不禁绕了一圈

跑到终点——感觉穿越了时空
跟古代的奥运会接上了轨

飞机上

浩瀚无边的云海
静静地躺在晨曦里
一眼望去，窗外
仿佛飘浮着
一个绝处逢生的
林海雪原

桥

小时候跟父母上山干活
总要经过屋前的石拱桥

几十年了。水中的倒影
一直闪烁在心间——宛如
被黑夜洞穿的星空

今秋回老家。独自
徘徊在小桥边。暮色里
它似乎矮了很多
也衰老了许多

我没敢再次
踏上这座桥——我怕
它会被心中的
孤灯
猝然压垮

远方

一个少年，背着书包
在妈妈的陪伴下
来到一个不起眼的远方

他慢慢整理并轻轻
放下一束花……

后来，我听说
那个很远的远方竟成了——

一片花的海洋

西溪南，丰乐河上

曾经的老街，早已
人去楼空
上学时必经的独木桥
也被坚硬的混凝土
所取代

此刻，桥上挤满
操着不同口音的游客
他们一定不会猜到
夹在中间的我
是一个地道的本地人

只是，除了脚下
一意孤行的河水，和他们一样
这里的一切——

对我，从来不曾
如此陌生

柏顿修道院

坚守秘密。九曲回肠的
溪流，追逐、畅饮修道院
脱轨的前世今生——

隐居的马蹄声早已走远……

斜坡上拖着影子的羊群
哭泣落日最后的伤口
暮色苍茫间的飞鸟
在盘旋中，沉思默想——

千年前的风雨之夜
回荡在这山谷里的
该是怎样一种
惊心动魄的钟声？

月亮

窗外，一片辽阔的蔚蓝
天空犹如无风的海洋

海面上出其不意地
浮现出一弯新月——

宛如昨夜被遗弃在
山谷枝杈间的
一抹风霜

大雪

赶在圣诞老人到来之前
赤裸裸的雪花，一夜之间
飞越千山。悄无声息地
在沉重的大地上
铺上一张如鸽子般
洁白的面纱

被寺院拒之门外的
滚滚红尘，在此起彼伏中
添了一群陌生的面孔
他们笑而不语，且
不惧凛冽。好像是
异域的过客
只想，借助时间的岔口

避开闪电——缓缓
款待冬季

爱琴海

历史与神话相互磨损——三千年前的
爱琴海，有人不知所终。有人在木马前
受骗，而粉身碎骨

竖琴声中，玫瑰怒放。美女海伦遇见了
曾是牧羊人的特洛伊王子帕里斯
他们一见钟情。海伦继而弃夫私奔

因为爱情，天空撕裂。爱琴海千帆竞发
不惜燃起一场十年的战火

跨年

如果你是个名词
那就是岁末遥远的炊烟
或是年终最后绽放的烟花

我更看重你是动词的姿态
从悬崖顶峰，纵身一跃
跨过鸿沟——瞬间
回到地平线

正是这个从一到零的
裂变而绝处逢生
世间，才又重新找到了
攀高登顶的
钥匙

一块石头

为了铺成一条路，石头的形状
取决于它的刚度和强度
以及它激起的脚步声

刚度好。风雨交加的夜晚
石头不颤抖，不变形

强度高。电闪雷鸣的刹那
石头不屈服，不破裂

一块石头的魅力，就在于
它抗压，抗拉，抗剪，抗扭
而且不胆怯，不崩溃——

和镣铐中的骨头一样

信

在温柔的灯光下，我坐在
沙发上，好奇地读着我
许多年前
从海外写给父母的一封信——
字迹依旧清晰亮丽
信里谈到我在国外的生活
以及有一次看奥运比赛时的
见闻和感悟
三哥坐在边上，笑着
跟我聊天。父母正开心地
在后面的厨房里
忙着准备晚饭
突然，外面响起了
迎接新年的鞭炮声——
惊醒后，我才意识到
刚才做了一个梦
因为，我的父母和三哥
已经去世
很多年了

辑三

（2022 年）

鱼

大鱼吃小鱼
小鱼就被当作诱饵
来钓大鱼

大鱼在水里
看不见小鱼身上
藏有细细的鱼线和鱼钩
以及线那头的手

更加致命的是——
在空中目不转睛地
盯着水面的，是一双
蓄谋已久的眼

秋日

在苏格兰的群山起伏中
我直面秋风的目空一切

漂泊的风笛，划破天空中
早已远去的记忆的边缘

"这个秋天将意味深长"
仅仅隔了两个立秋——

风中摇曳的病，已将
人世间的缺席，翻倍拉长

时光，也就退得越来越慢

风雨灯

树上的风雨灯
迷蒙中驱赶着夜色
天光渐渐撕破云层

紧抓阳光的果实
昼夜间突然在飞鸟
俯冲的速度里变红

就像双手紧握时光的人
在汗水流动的反光中
突然发现头发
已经变白

斧头

斧头，由一根木棍把手
连接一块梯形刀片而定型

它的运作基于杠杆原理和
冲量等于动量的改变量的原理

从古至今，斧头的制造者
对它的使用和野心并没有把握

作为武器，斧头帮投向
敌群时，就像飞出的子弹

作为工具，策兰说，它可
"砍倒一棵树，打造一副床架"

被砍倒的树，会义愤填膺：

一根木棍勾结金属刀片，砍伐
自己的同族，可谓"叛徒内奸"

而实际上，真正的"元凶"

却是挥动斧头，劈开年轮的人

笛声

每当悠扬的笛声
在孤烟落日里升起
我总会想起我的三哥

想起小时候。在朦胧
月色中看他吹笛
倾听遥远的岁月之声

在青春飞扬的另一片
星空下，余音绕梁

居里夫人

一个留学生。一个永远的异乡人

在法兰西。你成了钋和镭的母亲
世间两获诺贝尔奖的第一人

拥有一百多个名誉头衔。你是
"唯一没有被盛名宠坏的人"

一束无声的放射。你是永远的灯塔
墓穴里,洒满从祖国带来的泥土

记忆

多少计谋正被实施在记忆中。
——勒内·夏尔

松果坠落的不眠。形单影只
锈蚀的记忆，慢慢脱身

小心翼翼地穿越峡谷
背着风，蹚过时光的险滩

渐渐抵达
尘封已久的惊涛骇浪

桃花潭

经不住江心洲的诱惑——
十里桃花，万家酒店

青弋江畔的古渡口
见证了一场惊世离别
岸边踏歌的音符，激起
平平仄仄的千古绝句

穿越时空。留下扁舟一叶
撑起一方大唐的江南

斯基普顿城堡

斜阳西下
影子比现实意味深长

凭高固守。英格兰内战中
北方最后的据点

九百年的风雨
一直吹打着这座孤城

暮色中闪烁的
唯有城门上的座右铭——

从现在开始

大渡河

十三根孤悬的铁索
聚焦大渡河五月最后的星辰

二十二名勇士，冒着枪林弹雨
沿着寒冷的铁链抢夺泸定桥
四人坠落……没有留下名字

于是，没有重复历史
成了大渡河流淌的历史

个人简历

它是经验的微积分

不过，总是顺着别人的眼光
而显山露水，并点到为止

犹如草木随着风

傍晚

傍晚的天空，闪着温柔的
光芒。云还在路上

屏幕上，泛滥着呓语
猝不及防，我打了个盹——

梦里风转，抽身。我惊觉
窗外伸手，竟已不见五指

战栗，正擦身而过

故乡

故乡，不取决于一座山
一条河， 一扇窗
这些，不过是一意孤行的路标

故乡，是抚不平的起伏
是飘过又融化的大雪纷飞
是丁香早已打碎的月光

能够重新找回的
注定与故乡无关

十月

坠落的橡子被世人的
脚步践踏。没有呻吟

橡树透过枝叶在风中
传递着古老的光芒

昼夜在断裂的事物里
重新分布。影子越走越长

深陷在躯干里的闪电
雷声中追逐大海的碎浪

月亮

在阿姆斯特朗的脚下
月亮就像地球一样庞大
表面是平的,也很灰暗

而在秦娥梦断的秦楼上
她是一枚在李白的九州
洒下一地霜的月如钩

在十一月更疲惫的尽头
史蒂文斯说:她是悲伤
与怜悯的母亲

而在宇宙深处,变换着
钥匙,变换着词。策兰说——
她可以随着雪片漂流

苏格兰

顶着北海的汹涌，我登上辽阔的高地——

崎岖的山路，宛若雷鸣劈开的闪电
高飞的翅膀掀起一湖无边的苍茫

弥漫在断层深处的，是勇敢的心
在荒野呼啸中燃起的熊熊火焰

加尔各答

这遥远的异地！特蕾莎修女
遇到了一双饥渴的眼睛

由此，便踏上了陡峭的
慈善之路——直至封圣与轮回

而诞生于此地的泰戈尔——
也曾借助飞鸟，大胆预言：

人最谦卑时，才最接近伟大

辑四

（2021 年）

致图灵

你是五十英镑的新面孔
女王在正面，你是反面

这迟到的荣誉，你已无法知晓
因为不合时宜的性倾向——

你惨遭政府的迫害。身心
受到摧残，以致自杀身亡

过了半个多世纪，你才得到
首相的道歉，以及女王的平反

为你善后的，只有临终咬剩的苹果
轮回，成了电脑公司的一个著名商标

圆周率

圆满的周长
除以孤单的直径
注定是个无理数——

小数点后的数字
犹如冬日里的乌云
无限不循环
永远滚不完

梦境

早上醒来。所幸，还能
清晰地记得昨晚梦见了

两个昔日的同事——
一个远离了故土
另一个，离开了人世

穿过深邃的蓝眼睛
孤独溢出岁月的光芒

比萨斜塔

1
伽利略站在故乡的钟楼上
扔下两个重量不同的铅球
出人意料。它们，居然

同时落到了地面——

斜塔上的自由落体，正好
击中亚里士多德的直觉：
"重的物体会先到达地面"

真相，从此露出水面

2
八百年的斜而不倒
是不完美之美的典范
超人都不敢把它扶正

它的设计并非是斜的——

因为地基土的不均匀性
导致塔的不均匀沉降

塔斜了。却不甘心倒下
施工就变得越来越慢
断断续续，花了二百年

不完美之美的极致，终究
需要漫长的时间才能抵达

镜子

你是一湖春水，一块黑曜石
也是一面青铜

更是一片易碎的镀银玻璃——
一阵脚步，一声叹息
一个影子

因为恐惧，博尔赫斯
一直躲着你

华清池

骊山脚下的海棠汤
早已干涸。似乎再也无力
倒映出，闭月羞花

循环往复的，只有断裂在
唐诗里的一曲跌宕起伏：

一骑红尘妃子笑……
花钿委地无人收

沙滩

一片遥远而牧云的天空
偶然间在朋友圈闪现——
夕阳，掠过熟悉的海湾

一层一层的浪花，猛然
被惊醒。深不见底的风声
吹亮黑色的眼睛

挂在墙壁上的，一直是离别时
受赠的那幅画……凝视着，我
谨小慎微地挤进那片天空——

再次走过贝壳闪烁的沙滩

孤独

每次散步，路过记忆的
拐弯处。我都会情不自禁地
停下脚步——不为别的

只因耸立干裂的岩缝里
长出了一棵生机勃勃的小树

我惊叹一粒种子的洪荒之力
也觉得愧对它横空出世后
卧薪尝胆的孤独

杜鹃花

在遥远的异国他乡，每次在山坡上
见到如血的杜鹃花，我的眼前总会瞬间
浮现出一个弱小女孩的身影

——她是我那不幸早逝的侄女
我还清晰地记得她不小心落水离世时
放学回家的我见到母亲悲伤的泪眼

现在，她们俩都早已长眠在了
故乡那熟悉的山冈上。一个迎着旭日，
一个挥别夕阳。她们靠得很近，依旧
相互照应着。春天到了，她们身边
依然是杜鹃满山，花香四溢……

而远在天边的我会在灯下一直读着
阿米亥的诗句："回忆是一种希望。"

石头记

远处山脉的层次逐渐在减少
目光已追不上风中的背影

独自走在沙滩上。多于我的
想象，影子擦亮奇异的石头——

形状酷似鸡蛋。表面光滑细腻
纹理间折射出海浪拍岸的角度、力度

和深度。放在耳边，战栗的我
仿佛置身于历史的风口浪尖

十一月

走在迫不及待的钟声里
无边的枯叶四处张望

太阳被悬挂在遥远的太空
迟到的光影，惊慌失措
落地时溅起刺骨的声响

隔着窗前透明的玻璃
专注于后院树梢上的斜日
簇拥的光线，色彩斑斓
聚焦于一双黑色的眼——

仿佛通过金色的长廊
以光速勾勒春天的轮廓

力学浅说

一块石头与另一块石头的快速摩擦
可以产生火花。这黑夜里的希望之光
只需同等的力，背道而驰，加在
两块原本不相干的石头上

如出一辙的，是亘古常新的爱情
在两个陌生人之间滋长的过程与原理

牛顿说：两个独立的物体相撞
互相作用的力，大小相等
只是方向相反而已——

所以，一个人伤害另一个人
自己所受的伤害，也是
同样的刻骨铭心

疏勒城

东汉初年，戊己校尉耿恭
在"万死无一生之望"的绝境中
孤军坚守疏勒城，以寡敌众
力挫匈奴数万骑兵

这个汉代西域的古战场
犹如梦中的刀光
早已走失在岁月的风沙里
那玉门关外的血色落日

似乎也渐渐淡出人们的视线

辑五

（2020 年）

闪电

暴风来时，乌云中的水滴
互相摩擦、撞击，生出正负电荷
正电荷高高在上
负电荷，屈居云底

因为正负相吸，地球上的
正电荷，迅速云集地表——
直奔山峦、树尖、高楼，甚至人头顶
企盼与云底的负电荷相遇

冲破大气的重重阻挠，它们终于
打开一条通道，在空中紧紧相拥……
巨大的电流，瞬间穿透时空，涌向云霄——

激起一道惊人的闪光与雷鸣

谷雨

又是一年萍风起——
异域，已是樱花满地

故乡的山间，大红袍
该绿透了。田野上，白鹭
惊起，撕开潮湿暗淡的暮色

今年的谷雨，除了苍穹，人间
也落下沉重的雨水——

不息的葬花吟，夹杂了众多
尘世的生离死别

天空

一片陌生的天空，凝固了
三十年前的光阴

海德公园的斜阳暮色
写满了隔海的缠绵与惆怅

今夜光临。天空不再
陌生，一样的夜色辽阔……

风中守望的，只是万千
人流中的一个亭亭玉立

——那是昔日天空下
如雪般的飘忽惆怅

所绽放的一支花朵

南乡

小夜曲缓缓解冻梦中的河
背井离乡的眼穿透逝水流年

天空在沦陷。暮云缠绕着
炊烟。燃起的灯火，显山露水

渡口边。风中的往事，吹落
芦花，坠入河流——

没有回响。只有涟漪

失重

遥远的凤凰花
寂寞地盛开在彼岸

大雁划破响亮的星空……

陡峭的子夜,梦里失重的
唯有悬崖上的红花一树

沈园

巨石一劈为二。忍着
断裂的剧痛，沉默不语

劳燕分飞后的邂逅，挥霍了
一缕梦断香消。留下一堵破败的
千年词壁

春波绿。惊鸿已无踪影
墙上斑驳的字迹也已模糊

沉寂的断云石，在入口
揣测云中的孤鹤——

断裂远不及决裂？

波士顿之忆

漂过大西洋，英国人
把自己家乡的名字
也种在了彼岸

一个参天的名字——

从查尔斯河到哈佛广场
一条汗水浇灌的街道
扛起了麻省与哈佛

在这里，一个骄傲的
异乡人，买了一本《牛顿》
一册《狄金森》……

还写了一首《母亲》

断桥赋

背着平湖秋月，不转身
孤山之路到此就断了——

埋伏一个传说。在水上
缓缓拱起一弧不塌的风景

雨中的邂逅是冒险的。有人
劫后重生，有人身败名裂

铁树旁的雷峰塔倒了……又立起
风中的万古愁，似断非断

赵州桥

驮着太阳和月亮
骑驴踩下一串蹄印

装上五岳名山
推车轧了一道沟

用跨度，超越时间
用生命拱起骄傲

蒙娜丽莎

四年的着色，把一个灵魂的投影
落实在一块黑色的杨木板上——

坐在一把半圆形的木椅上。身后的
栏杆，把你与那个不对称的尘世隔开

望着你的眼睛，隐约感到你在微笑
直视你的嘴角，笑容顿然消失无踪

"你比环绕你的岩石的年纪还要大，
能潜进深海带走你所生活过的日子"

——五百年的异乡人。总是过着
取悦人的生活……眼里不曾有泪水

因为它，够不到佛罗伦萨……

飞蛾

把燃起的灯火，当成
亘古柔和的月光——

是致命的。每一次美丽的转身
都是黑暗中的一错再错

沿着同一条布满血迹的
阿基米德螺线，不知

不觉地陷入深渊

D.H. 劳伦斯

罗宾汉出没的丘陵是你的地址
附近有拜伦的纽斯特德庄园

这里有煤矿。有杰西。还有你的
弗里达——"那是我心灵的故乡"

走在时间的前头。孤独依然年轻
无数次，穿越诺丁汉的大学校园——

我，总会仰望耸立在图书馆前的你：
"赤脚踩着泥土，手捧蓝色的龙胆花"

风筝

放风筝的人与自己纠缠——

希望看到纸鸢在天上飞翔
又用一根线阻止她远走他方

有如故乡。希望儿女志在四方
又用乡愁把他们的心紧锁在身旁

发生在风中的纠缠，接二连三
把时光消磨殆尽……遂成《史记》

读《坛子轶事》

沿着史蒂文斯的维度
我继续想象着——

在一座山上放只坛子
再在坛子里燃起
一个火把

瞬息间满山红遍⋯⋯

紧接着，整个区、整个州
整个国，也慢慢
被照亮了

从此，它便渐渐
开始支配各界

雪

猝不及防，云层中的水蒸气
遭遇寒流凝固成雪，随风飘降……

落在山谷，便是闪亮的六角雪花
跌入烟囱，瞬间就会融化成水

雪是水在低温下的一种生存状态
条件成熟，二者可以互相转化

——就像黑夜，是白昼在太阳
落山后的另一种存在形式

雨

每次看见下雨
我都会想起小时候

坐在床上。听着窗外的
雨声——母亲在缝补

我，慢慢翻响一页
一页的小人书……

湖心亭

一碧万顷的湖水
从远古的四面八方
涌向一个蓬莱小岛

岛上的亭子，是因
位居中央而心生骄傲
还是因为风月无边
而倍感孤独？

八月

一弧褐色的年轮。封存着
夏天与秋季的起伏

天穹紧攥高超的技艺
把夏日和秋风无缝对接

阳光普照的尘世，义无反顾地
奔向山水海湾

踏着月色，缓缓摸索
从汗水通往收割的港口

生命的厚度

听说，生命的厚度
不取决于呼吸的次数

而在于令人惊叹得
屏住呼吸的次数

遥不可及

世间真有遥不可及的地方吗？

小学时，省城是遥不可及的
中学时，京城是遥不可及的
大学时，外国是遥不可及的

1953 年以前，珠穆朗玛峰遥不可及
1961 年以前，太空遥不可及
1969 年以前，月球遥不可及

似乎所有的遥不可及，都是暂时的
潜伏与逃亡。就像一把把生锈迟钝的刀

终究会在时间的磨刀石上锋芒毕露

白露

立秋和处暑。是一种秋天
一片东南风转秋雾起的天空

白露过后，便是另一种秋天
一阵西北风寒鸿雁来的天空

——站在两片天空的切线上
我仿佛听到了里尔克的声音：
"两种秋天都感动着我们"

立冬

每当太阳掠过这道经线
秋月就成为一个过去式

一往直前的光阴，从此
便会在风中，刻下记忆

道出数不胜数的颤抖

冬日

跟着立冬，小雪慢慢长大
往日的生机也暗自隐身

光阴把白昼紧绷。夜色漫过
头顶。风中刀光一闪的，可是

那芦苇丛中的，菊花一束？

辑六

（2019 年）

雁北乡

霜雪交侵，三九渐渐深了

南来的大雁，却预感到热气的降临
纷纷开始向北回归了

空中人字，一路风尘。飞过楚水燕山
穿越暮色苍茫

雁声远过，只为抵达那温暖的原乡

图宾根

五月的图宾根
荷尔德林的故乡吟
是一个起点，也是一个终点

从这出发，走向黑格尔的历史：
历史是一堆灰烬，但
灰烬深处有余温

也是在这，张枣最终丢失了
留在镜中的凄美回响：
"只要想起一生中后悔的事
梅花便落了下来"

牛津印象

泰晤士河与查威尔河在此交汇
霍金故里，一个牛车涉水的渡口
每块石头都流淌着故事

卡罗尔的爱丽丝梦游仙境
艾略特的荒原，王尔德的快乐王子
托尔金的魔戒，怀尔斯的费马猜想……

还有吹过雪莱的西风轮回
"冬天来了，春天还会远吗？"

博德利图书馆的尖顶，直指苍穹
走在街上，踩着历史的鼓点起落
瞬间，仿佛挥霍了千年

纵横万里，方知，天涯踏遍
也未能走出，它的影子

我的小学

回老家，路过一个拐角处，总要
停下来，多看一眼这栋失修多年的老屋

映入池塘的，不只是残墙断壁。还有
溢出水面的一张张天真活泼的笑脸

猝不及防地回到了童年，坐在教室的
第一排，学唱歌，听故事……

歌声回荡，山重水复。今夕何夕？
凄凉正在弥漫，东山飘起了雪花

窗外即景

等咖啡时，我无意中看着窗外
阳光普照。映入眼帘的，依次是

教堂的尖顶
　　干枯的树枝
　　　　辽阔的蓝天
　　　　　　零星的白云

心想，多么宁静的世界啊

突然，一只小鸟划过天际
顿时，激活了整个世界

大寒

本以为，今冬不会下雪了。明天大寒
是最后的冬天。去年此刻
大雪早已封山

彼岸，又添了一层厚厚的白
脚步迷失了方向，河边的芦苇
吹着风，荡漾暮色苍茫

顺着时差，无意中抬头，我的天空
竟然也开始飘起了，今岁的
第一场雪

灯火阑珊。瑞雪，慢慢落在头顶
春花，渐渐开满心间

除夕

地球绕着太阳又转了一圈——
行程九点四亿公里，途经四季
历时三百六十五天六时九分十秒

准时回到了去年的起点站
树的年轮也长了一圈

背着太阳，围炉团聚
二月的风里，炊烟四起

有人悄悄藏起红包压岁
有人用鞭炮放响天空

也有人在门楣上倒贴福字
以不眠的姿态，祈求山河永驻……

暮色挡不住你的眼

寒风浩荡。二月的河静静地流
斜阳以风的加速度，滑落深山

孤单的背影，从你瞳仁的弧度出发
越过山岭，渐渐走向辽远

呼啸移不动你的影，吹乱了你的发
暮色挡不住你的眼。今晚无月……

伫立在风中，目光点亮
那个背影依依模糊的方向

黄昏

窗外的黄昏，是一座巨大的云山
层层布满天空

云下，压着一轮孤零的落日
不堪重负，像一张疲惫不堪的脸

挣扎着吐出最后的血色，悄然
沉下遥远的地平线

黑暗，随即卷土重来……

杜甫草堂

山河断裂，沙鸥孤飞。泪水洒落的
浣花溪，不废芬芳万古流

相隔千年，独自徘徊在草堂。八月的风
依然无休止地吹。卷起茅草，穿过世纪……

擦亮锈蚀斑斑的古时光。恍惚间
唐朝的天空汹涌而至

惊蛰

上天，以雷鸣电闪之势
惊醒冬眠于地下的动物

因为播种，闹钟催醒着
春眠不觉晓的人间

动物侧身，挥霍一个冬季
人类梦醒，划破一夜星空

电闪雷鸣，是天定无常
响铃闹钟，属人为自设

烟花三月，举杯对影。物是人非……

杏花颂

隔世。你在人间，播种
希望。古道热肠
披星戴月……

落日回首即沧桑

轮回。你在陌上，装点
春光。不嫉桃花红
不羡梨花白……

斜风细雨零落香

时光一束

时光一束，绕在门前的
枝头上。三月的烟雨
杏花点亮江南

时光一束，流在村头的
小溪里。五月的天空
鱼儿吞吐云彩

时光一束，落在黄昏的
牛角上。七月的田野
蛙声托起梦幻

时间，也需要一座桥

今天和明天，隔着
一条从三到四的月河

从母亲节到愚人节
是一道难以逾越的心河

由正变负。时间，也需要
一座桥，才能安全抵达

相对论

诗人简明固执地认为：
离家最远的地方，藏着好山水

我对他说：
离家最远的时候，家是好山水

机器人

机器人，不是人
是人控制的
机器

不是人的人
不配控制
机器人

钥匙

有些锁，是不用钥匙的

譬如，同心锁
它只锁不开

秤

秤有两种：
有形的和无形的

有形的，称重量。以斤两计
所谓半斤八两

无形的，掂情意。以深长计
所谓情深意长

插秧

弯腰、插秧、后退
再弯腰、插秧、后退……

很快，一条条笔直的秧苗
就奇迹般地立在了眼前

进步，有时是以退步的
形式存活的

黑洞

吞噬靠近它的所有物质

甚至光子。所以才无反光
遂成黑洞。二十世纪的预言

跑到今天，才赶到
世人的面前

徽州

昨天，黄山是徽州的一座山
今天，徽州是黄山的一个区

一夜间，徽州似乎变小了……

可是，梦中的我
依然记得自己是徽州人

清明

清明，像道闸
打开后，流过的是：

泪水，青山，日落，月圆

泾渭分明

黄河生渭河
渭河再生泾河

泾渭分明
不是缘于出身
而是
因为经历

海拔

——悼科学家斯龙(Scott W. Sloan)

今天上午，我从邮件里，惊闻
在南海的更南方，你没老的心脏
突然，停止跳动了……

很久，我都不相信这是真的。因为
就在圣诞前夕，我去澳洲看你
你说过，要带夫人一起，在今年秋天
到冰岛开会时，访问利兹

我说，你工作忙，也正好休息一下
重新领略你熟悉的英伦风光。以前
你是从不食言的。这次，为什么要食言呢
难道有什么难言之隐吗

上次见面，我们还提起1990年的圣诞节
当时，整个纽卡斯尔大学的校园，空空荡荡
只有你和我，还照常去办公室做科研，克难关那，就是创业初期的艰辛。你常说：
人只活一次，要努力活出精彩。是的
在这方面，你说到做到，真正实现了
自己的远大理想

你，有难以企及的海拔。世界，也因你
而更精彩。这一点，是千真万确的，应该
比你发明的世界上最精准的有限元，还要准

还原达·芬奇

你离开人间，已经整整五百年了
你一定会猜到，人类仍然清晰地记得你
不过，在大多数人眼里，你只是
那个隐藏在蒙娜丽莎微笑背后的
画师，若隐若现

五个世纪的风雨冲刷，依然
没有还原你的全部面目：

你比哥白尼更早否定"地球中心说"
推断月亮自身不发光，发现了惯性原理
第一个研究物体间的摩擦理论

你最早解释了天空为什么是蓝色的
率先使用加减符号，奠基了流体力学
发明了直升机，潜水艇和第一款人形机器人

你发现了血液的功能，创建了解剖学
设计了心脏修复手术的方法

还最先提出利用太阳能……

你手指间流淌过悠扬的七弦琴声
你左手作文，右手作画，天下无双

小行星 3000，炫耀你的高度
蒙娜丽莎的眼神，荡漾你的深奥

只因山谷的名字

在英格兰中部的峰区
有个美丽的小村庄，叫希望

它坐落在希望谷之中
村旁有小河，岭上有牛羊

我羡慕那里的一切。不为别的
只因山谷的名字

希望谷

诺亚河，缓缓流过蜿蜒的希望谷
左侧是赢岭，右侧是输岭

两山对峙，一水之隔
抵达希望，有两条截然不同的路

从左侧，经赢岭，径直向前
从右侧，过输岭，拐弯向左

小满

栀子花开满山野。芳青的你
从春秋间的尺幅里缓缓走来

麦穗在微风中晃动，老牛把大地
拉成犁沟，梅雨滴响五月的天空

升起的炊烟，锁定节气的荡漾
黄昏从悬崖上渐渐坠入河流

栅栏外，走近的你
像一首《如梦令》，欲语还休……

今夜，站在星空下

七十多年前，诗人郑敏面对田野上
无边延伸的金色稻束，感叹道：
"历史也不过是
脚下流去的一条小河
而你们，站在那儿
将成为人类的一个思想"

今夜，站在星空下，我思想：
历史的车轮，总是带着滚滚雷鸣
挥霍刀光血影，扬起盖世尘埃
回首时，很多早已锈迹斑斑，永沉河底
而肩荷着人类永恒疲倦的
金色稻束，却以低首静默的姿态
屹立在时间河流的尽头，永不褪色

幸福的暖流

回家的路上，在十字路口
我等待红灯变黄，黄灯变绿

余晖落在风中，摇曳的小黄花
仿佛向我点头微笑。刹那间

猝不及防，我的心中涌出一股
幸福的暖流……

时差新解

从欧洲飞到亚洲
时差的感受宛如病态
而从亚洲飞抵欧洲
几乎感觉不到有时差

这是因为，时差是矢量
向前，超越时间，无所适从
向后，重返过去，轻车熟路

双十二

都说，八十三年前的
这一天，华清宫的枪声
震惊了历史的螺旋

此刻，站在五间厅外
我已闻不到硝烟。我所看到的
只是，游客们用手指
在当年的弹孔上
磨出的圆滑
与反光

兵马俑

三月末的西风，吹着干裂的
关中大地。挖井打水的人，误入歧途

绕到《史记》的外围，意外中
遭遇了蛰伏已久的兵马俑……

永宁门

一座城池，一个国度
在古代，都是二维平面

砖砌的十米高墙，足以
横刀立马，拒敌于门外

从永宁门，一步一个台阶
我，登上这古老的城墙

天空中，风旋云布。尘世
早已变得多维立体

——黑暗降临时，只有电子
筑起的无形长城，才能阻挡

暗流涌动，永保安宁

风之痕

空气受热。膨胀、变轻
继而向上飘浮
周遭的冷空气
乘虚而入，顺势横流

高升的空气，冷却、变重
再跌落……如此循环往复

世间，因而万象丛生：
沉浮、摇曳、波澜……呼啸
和颤抖。而且，无所不在
源远流长

隧道

犹如闪电
在封闭的山体里
劈开一道
裂缝

让时光
缓缓
渗入

尼斯湖

高地。似乎只有风在经过
中世纪的传说，终究
还是没有浮出水面

深渊。终年不冻的湖水
傍着北海起伏，用谜底
在大峡谷的断壁上

引诱世间百态……

与母书

我把您的相片擦亮，轻轻
放在书桌上。只想天天

沐浴您的目光——

因为这样，就能点亮
那一望无际的，烟花

月亮

从古到今，多少双眼睛
曾见证过月亮和月圆

登上月球，人类才发现
它荒芜的表面，其实
很灰暗——沥青一样

月亮、月圆……原本只是
月球依托黑暗，借太阳
照耀，而折射出的——

一道遥远而迟到的假象

新德里掠影

打开新德里的天空——

映入眼帘的，不是人烟
而是一群飞鸟。在秋风中

肆意盘旋。昼夜起伏间
搁浅已久的，是维多利亚宫

渐渐剥落的，前世今生

呼啸山庄

三十年的心愿
一旦了却，该是
怎样的一种姿态？

看到一个东方诗人
坐在呼啸山庄的
荒野上，对着夕光
泪流满面

我恍然大悟——

这深埋的心愿，
竟被辽远的时空穿越得
如此，千疮百孔

立冬辞

深陷白色光阴里的枯叶
在寒风中呼啸挣扎——
撞击大地的栏栅

惊恐的碎石颠沛流离
敲响人类记忆的天窗

马蹄传来的是雪莱的呼唤
还有策兰低沉绝望的呐喊

辑七

（2018 年）

秋

在一个古老国度
落叶知秋，是个存活了
几千年的传说。可是
在斜阳洒落在水面的湖光里
踏着异域的落叶纷飞
秋却似乎还没找到
我的心头

我的牛

多少个黄昏
牵着我的牛，从田间
往回走。有时骑在
它背上，手挥竹笛
遥指夕阳山外山

一晃，几十年过去了
我的牛早已不在人间

可是，那一片江南的
水田漠漠，黄昏时
总有白鹭惊起，飞向
我记忆的天空

梦境

这个梦境，朦胧中仿佛
有所期待，却不知它
要延伸的方向和边界

枫叶萧萧的黑夜里
顺其山梁，放飞自己

就像芦花，顺着风
落在溪水上，不知飘向
哪束泪水闪烁的时光

传说

它是一个日期
一个生命的起点
一个唇酒交会的瞬间

闪电中的战栗，不过如此

也是一个地点
一个惊艳的巧合
一个红枫无眠的夜晚

晓风中的依依，不过如此

远方

——给 X.L.

二十八年前。漂洋过海，我们
第一次来到这个遥远的地方。从悉尼
到纽卡斯尔，两个多小时的车程
脸上闪着青春的光芒
惊艳一路的湖光山色
浮云上的蓝天，倒映着
无限的好奇与遐想

别后多年。今天的你我，历经沧桑
再一次回到这个熟悉的地方。从悉尼
到纽卡斯尔，一样的车程
一样的蓝天白云。挥手谈笑间
湖光山色中掠过的，却是
不一样的光阴
和远方

冬至日记

清晨梦醒。细雨绵绵,有祝福声声
此起彼伏,从此岸到彼岸

晌午时分。雨过天晴,去林间漫步
飞鸟追逐白云,斜阳渐成落日

暮色苍茫。寒潮四起,听灯下风语
白昼好短,留长夜给浪漫?

致牛顿

都说，你是站在巨人肩膀上的
那个震古烁今的科学巨人。你来了
于是，一切变为光明

你说，自己不过是一个在真理的大海边
玩耍的孩子，时而拾到几片美丽的贝壳
并为之欢欣雀跃

是个有朦胧月色的夜晚，你曾回忆
坐在花园里，看到一个苹果从树上轻轻掉落
这神奇的一幕，引你深思，继而发现了
宇宙间的万有引力定律

从此，人类有了飞向太空、登陆星球的希望

三百多年后。我，一个力学家
多次流连忘返于你的故园，时常徘徊
在那棵苍老的苹果树下。穿越历史的天空
我沉思着，不禁想捡起掉落在

地上的一个苹果

弯腰捡起时，感觉很沉……

在利兹遇诗人西川

早就听说，北大有"三剑客"
海子，西川，骆一禾

喜欢西川在哈尔盖仰望
星空的姿势

握手。听他作关于中国现代
诗歌的演讲。诗人激情四射

饭间，说海子和海子的诗
也谈《秋兴八首》和《杜诗说》

暮色渐浓。秋风里，握手言别
夜色中若隐若现的背影，仿佛
一个时代

芦苇

从前，只是偶遇

读你，在唐诗宋词里
看你，在秋风萧瑟时
念你，在月圆临窗前

因为一个梦境，你
无处不在，四季分明

读你，看你，念你
都在镜头里

邻居

二十年前的邻居，离别后
一直天各一方

今天，难得再次回到那个
住了快十年的旧居

像个外乡人，忍不住敲响了
邻居的门。惊讶，喜出望外

那久违的笑容，瞬间
点燃了暮色，温暖了时光

岁末

今年的岁末，是个星光之夜
记得去年，寒流涌动，雪落满山

星雪之间，只隔一段长河。吹着两岸的风
流尽三百六十五个落日

今夜，借着星光，我要记取那一弧的电闪雷鸣
细数那一水的波澜起伏

推荐语

余海岁教授的诗歌最打动我的是，对一个已经迷失或渐行渐远之世界的向往——这个世界的大自然曾经为诗歌提供了固定的参照和可靠的隐喻。这些诗歌传达了往昔的声音，通过对现在如此脆弱和变动不居之概念和思想的精心观察，这些诗篇如挽歌一般，以悼念之辞吟哦着，献给一颗患病的星球和一门消失中的艺术。

——西蒙·阿米蒂奇

（英国桂冠诗人，利兹大学教授，曾任牛津大学教授）

在余海岁的诗歌里，读者感受到了两种对立的巨大力量：时间的无情流逝和人类为抵抗时间的摧残而创作作品的欲望。与此同时，这些诗歌捕捉到了情感失去之痛、美丽凋零之殇，以及人类生命深处的忧伤——那种时刻意识到无法不朽的忧伤。这让我们想起维吉尔那句意味深长的话——"lacrimae rerum"——万物皆堪落泪。然而，这些诗歌中闪耀出来的，是我们领略到的艺术与希望的光辉——人类深沉而坚韧的希望总能延伸到地平线之外，抵达知识和时空的边缘。

—— 彼得·休斯

（英国诗人，剑桥大学莫德林学院诗歌客座院士）

诗歌和科学从根本上都是对世界终极问题的叩问，它们会用不同的方式抵达人类精神的最高处，十分重要的是，这种形而上的相遇，将给认识一切存在和未知之物提供更多的可能。余海岁教授的诗歌，大都是对个人生命经验的直接书写，可贵的是他的笔触在想象与现实之间，总能把这种日常性的写作，变得更具有精神性。他的诗歌有很好的抒情品质，但又是节制的，不泛滥的，耐人寻味。

—— 吉狄马加

（诗人，中国作家协会诗歌委员会主任）

一方面深入科学，一方面深入中国传统文化，余海岁教授这样的人物现如今相当稀少。呈现于其现代诗写作中的思维转折、语言意外，及其对世界和自我的发现，构成了别样的风景。

—— 西川

（诗人、散文和随笔作家、翻译家，鲁迅文学奖获得者，

北京师范大学特聘教授）

余海岁先生的创作，在科学与诗之间、中西之间、古典修养与现代敏感之间找到了他自己的位置，这实属难得。他的许多诗，不仅展现了他特有的诗意表现角度和方式，更重要的是，让我受到感动。

—— 王家新

（诗人、批评家、翻译家，中国人民大学文学院教授）

当诗人有了无与伦比的感觉，万物就会用自己的气息将他灼伤这是最美妙且带着痛楚的互相唤醒余海岁的诗，恍如玫瑰"细弱带刺的旁枝"，是在剥落层次后的沉潜中对所述之物的敏锐赋形，也是人事在进入时代观察后的重新问道。苏东坡说诗歌的任务是"捕风捉影"，余海岁说"影子在世人心目中留下的印记远比真相更加深刻与久远"，他无疑深谙古人所说的"辞达"之奥义，影像的新成是心灵对万物的重新指涉，也是一个诗人以新感觉为基础向世界和生命的致敬。如果只有诗歌才是诗人最终的乡愁，这些带有个人凝视、睿智见识和别样体悟的诗，无疑为诗坛建造了一个令人惊讶的新的想象空间，风正通过诗人的声音向我们吹来，而诗人和他的诗给我们留下的，是绵绵不绝的灵魂响动，也是一个失重于人间的人"抱着天空的合影"。

—— 胡弦

（诗人、散文家，鲁迅文学奖获得者，《扬子江诗刊》主编）

源自中国古典诗歌的修养，又结合西方科学的精神，余海岁教授写出了一种别具韵味的现代诗歌。我一读之下受到了震惊，没想到他的现代诗写得如此老练，如此庄重，如此谨严，真是训练有素。这是我看到的一个华裔科学家写出的最好的现代汉诗。

—— 柏桦

（诗人，西南交通大学人文学院中文系教授）

余海岁先生的诗冷静而节制，向心而生，当下与历史、个人与民族、古典与现代等因素浑然一体，具有一个优秀诗人不可或缺的对语言保持尊重和敏感的特质，以及诗歌美学所要求的独立批判精神和自我内省意识，在诗歌中留下了他自己的形象。他从容而超然的语调令人回味悠长。

—— 娜夜

（诗人，鲁迅文学奖获得者）

岩土力学专家余海岁在语言力学的探索中，正逐步建构起日渐鲜明的个体风格：在他的诗中，旷野和自然风貌的原始之力、处在各种冲突与流变中的情感之力、因相互碰撞或出人意料地组合而机趣丛生的词语之力、弥漫在此几者之上具有某种统摄性的思想之力，在动态地、多维度地演绎着"诗即是语言的力学结构"这一新定义，从这个角度观察，他的写作实践倍显神采充溢。期待客居英伦的余海岁先生在汉语诗学之路上走得更深更远。

—— 陈先发

（诗人，中国作家协会诗歌委员会副主任，鲁迅文学奖获得者）

读余海岁近年的诗作时，我注意到他对崇高景观有着特别的兴趣。这里的"崇高"，是柏克所讲的崇高，也是康德所讲的崇高，是与优美感相对的崇高，可以分为浪漫主义与哥特，可划分为数学式崇高与力学式崇高。诗人自己的一句诗"我直面秋风的目空一切"，似乎可以精准地用来概括这种美学倾向。这句诗里有秋风带来的飞扬、发散、突破、肢解和决裂的意味，更有诗人的自信和睥睨的姿态。这种对于崇高景观的偏爱所带来的审美特征，加上作者将中国古典的绝句式表达应用于现代诗歌创作，特别注重诗节之间的空白，遂使得这些诗的风格趋向冷峻、简约、有力。

—— 路也

（诗人，鲁迅文学奖获得者,济南大学教授）

作为世界一流的岩土力学家,余海岁先生对词与词之间的力学关系也有着浓厚的兴趣,他把汉语的杂技——理性与感性的奇妙平衡放置在世界性经验的背景下,创造出了只属于自己的独特诗歌样式。

—— 李元胜

（诗人，鲁迅文学奖获得者）

余海岁先生是一位科学家,又有着深厚的人文修养。腹有诗书气自华,余海岁先生就是这样的典范。余海岁先生的诗歌，典雅细腻，又充满想象力，有着缓慢深沉的情感蕴蓄，最终产生强大的冲击力。这样的思维方式，或许激发了他在诸多领域的创造力，因此获得了非凡的成就。

—— 李少君

（诗人、批评家,《诗刊》主编）

余海岁的诗带着大地岩石与清泉的元素，在科学与诗意的交界处寻找语言的坚韧和灵动，将古典与现代交织成一幅辽阔的画卷。这些诗篇是对一个渐行渐远的世界发出的呼唤。科学的精确和诗意的宽广，在他笔下并非冲突，而是相融的力量，如同自然的脉动，使他的作品在瞬息万变的时代中留下持久的回响。

—— 杨克

（诗人，中国作家协会主席团委员，中国诗歌学会会长）

余海岁的诗歌，东西方视野兼顾交融，古典与现代互照互释，异域视野与本土经验交织互生，诗情的述说不疾不徐但深意暗吐，语言的编织看似漫不经意实则拿捏有度，诗行常常简短，但意蕴实在丰厚。诗歌的意象较为简约，但并不影响诗意空间的阔达和深远。在举重若轻的诗意叙说之中，关于宇宙人生的深切领悟被轻巧地牵带出来。

——第四届中国年度新诗奖"年度杰出诗人奖"授奖辞